그대의 첫날에게

편지로 전하는 희망 에세이

그대의 첫날에게

장세련 지음

갈모산방

장세련

경북 상주에서 보냈던 어린 시절부터 편지 쓰기를 즐겼다. 33년 차 동화작가로 활동하는 동안 『소녀 애희, 세상에 맞서다』 외 열세 권의 동화책을 냈다. 울산 동구지역 이야기로 『대왕암 솔바람길』을 포함, 세 권의 스토리텔링도 만들었다. 일본어 번역동화 한 권은 구마모토 현 쇼케이 대학의 한국어학과 교재로 채택되었다. 울산문학상과, 울산 펜문학상, 동요사랑 대상을 수상했으며 현재 도서관과 학교에서 어른과 아이들에게 독서와 글쓰기를 지도하고 있다.

그대의 첫날에게

2021년 10월 25일 제1판 1쇄 인쇄
2021년 10월 30일 제1판 1쇄 발행

지은이 | 장세련
펴낸이 | 권오상
펴낸곳 | 갈모산방

등록 | 2012년 3월 28일(제2013-000090호)
주소 | 경기도 고양시 일산서구 호수로 896, 402-1101
전화 | 031-907-3010
팩스 | 031-912-3012
이메일 | galmobooks@naver.com

ISBN 979-11-85793-04-7 03810
값 15,000원

　한 때 편지 쓰는 날이 있었다. 소식을 전하는 유일한 방편이었던 편지가 각종 통신수단의 발달에 따라 낡은 문화의 뒤편으로 사라지던 시점이다. 체신부에서 매달 마지막 날을 편지 쓰는 날로 정했다. 1982년 12월 31일부터 시작했던 캠페인이었다. '매달 마지막 날은 편지 쓰는 날'이라는 로고를 새긴 통상엽서가 생겨났다. 같은 로고를 새긴 기념품으로 병따개를 받은 기억도 또렷하다.

　멀리 떨어져 사는 누군가의 안부가 궁금할 때, 말로 전하기 쑥스럽거나 감흥이 사라지기 쉬운 이야기를 전하고 싶을 때, 편지만큼 상대의 마음을 흔연하게 만드는 것도 드물다. 말로 하는 것보다 정도 더 느껴진다는 생각에 아이들의 도시락에 종종 쪽지 형태의 편지를 적어 넣었다. 맞벌이로 집을 비우는 일이 잦아 할 일을 편지로 적어 두기고 했다. 엄마의 부탁편지는 말보다 효과적이었다.

　체신부의 캠페인에 괜히 설렜다. 매월 마지막 날마다 부지런히 편지를 썼다. 멀리 사는 친구이거나 부모, 시부모, 선생님에게 보내는 편지였다. 책을 보내오는 후배작가들에게는 엽서로 고마움을 전하는 것도 잊지 않았다. 답장이 오기도 하고 전화로 받는 고맙다는 인사에 더불어 행복했다. 안부를 전한다는 것이 얼마나 살맛나는 일인지 새록새록 깨달았다. 그렇지만 적어도 사흘은 지나야 읽게 되는 편지는 날짜 지난 일간지와 다를 게 없었다. 즉각 반응할 수 있는 전화에 밀리는 건 자연스러운 변화였다. 체신부의 홍보가 지지부진해지면서 나 역시 편지 쓰기를 흐지부지 그만 두게 되었다.

대신 매달 첫날 안부 묻기로 바꿨다. 방법은 문자메시지로 전하는 짧은 안부였다. 기본 전화요금에 추가되는 멀티메시지가 되지 않도록 제한된 글자 수를 넘지 않았다. 그럼에도 지인들의 반응은 좋았다. 그렇게 시작한 첫날의 편지는 SNS의 활성화에 따라 조금씩 길어졌다. 처음에는 스무 명 정도였던 수신인도 지금은 열 배쯤 늘었다. 좋은 시를 읽으면 함께 읽고 싶은 마음도 담았다. 소소한 일상을 전하면서 새로이 맞는 달에 희망을 전하고 싶었다. 딱히 답장을 받자는 마음은 아니었다. 하지만 1년 이상 무반응인 이들에게는 편지 쓰기를 중단했다. 혹시라도 귀찮게 여기는 마음을 모르는 눈치 없는 사람이 되는 건 아닌가 싶어서였다.

이 책은 그렇게 보냈던 편지들로 엮었다. 15년여를 보냈지만 2015년 3월부터 시작되는 편지들이다. 보낸 편지를 책으로 엮을 생각을 해본 적은 없었다. 보관을 하지 않은 것은 그래서였다. 그러다가 2년쯤 전부터 지인들이 더러 책으로 엮길 권했다. 흘려들었던 말을 실행에 옮기게 된 계기는 지인 M덕분이다. 그녀는 2015년 3월부터 내 편지를 받기 시작했단다. 하도 좋아서 매달 받은 편지들을 PC에 옮겨 보관했다며 보내주었다.

편지의 내용이 바뀐 것은 없다. 다만 편지에 인용했던 시들이 많이 바뀌었다. 저작권 문제로 생길 번거로움을 피하기 위한 궁여지책임을 밝힌다. 더러 편지의 내용과 어울림이 어색한 것은 그 때문이다. 하지만 내가 가까이 아는 시인들의 시를 소개할 기회를 갖게 된 건 감사할 일이다. 사정상 빠졌던 서너 달 분 편지도 그 당시 적어두었던 단상들을 바탕으로 채웠다.

모두 지난 기록들이다. 지난 시절의 소소한 일상을 책으로 엮는 것, 부질없는 일일 수도 있다. 그럼에도 책으로 엮는 건 한 가지 마음에서다. 내 편지가 전하는 희망일 전달되었으면 하는 바람. 자칫 단조로울 수도 있는 내 바람을 사진과 어반스케치로 풍성하게 해준 이들이 있다. 문학박사이며 동생인 장세후와 내가 강의를 맡고 있는 수북독서회의 모범회원 조혜정 님께도 고마움을 전한다.

2년째 계속되는 코로나19의 여파로 모두가 힘든 시기다. 모쪼록 이 편지를 읽는 모든 이들이 첫날에 보내는 내 기도처럼 긍정의 힘을 갖기를 바란다. 감히! 라고 하더라도.

철지난 첫날의 희망편지를 묶어서 전하는 2021년 가을
장세련

차례

이즈음의 나무는 참 거룩합니다.

새순을 위한 봄날,

무성한 잎을 위한 여름날.

잘 영근 열매를 위한 가을날을 위해

긴 겨울을 최대한 가볍게 사는 나무들.

모세혈관까지 드러난 몸으로 삭풍을 견딘 거룩한 성자.

가진 것을 기꺼이 버린 나무들을 보면서 깨닫습니다.

빛이 사라진 어둠 속에서도

따스함이 사라진 찬바람 속에서도

세상은 희망을 읽는다는 걸 그들은 알지만 늘 한결 같습니다.

결코 우쭐대지 않습니다. 고단함을 호소하지도 않습니다.

노산한 산모의 마른 젖꼭지 같은 플라타너스 열매가 새파란 하늘 아래 유난히 돋보입니다. 썩어가는 둥치로도 잎을 위해 부지런히 물을 올리는 나무를 보면서 나를 추스릅니다.

가을에 나올 작품집의 서사적인 한 부분,

약간의 수정을 요하는 피드백을 받고도 바쁘다는 핑계로
게으름을 포장한 채 미뤄두었다는 사실이 민망합니다.

아무것도 안 하는 것 같으면서도 삶의 사이클을 정확하게 유지하는
나무가 일깨워 준 부끄러움입니다.

봄입니다.

새로이 일어서자고 그대에게 전하는 3월 첫날의 편지입니다.

4월

벚.

속절없어요.

꽃으로 살았던 날 가벼이 털어내고

난분분 날아서 모여든 자리

한 번이라도 더 날아오르길 기대했던 걸까요?

몰려든 바람에 기다렸다는 듯 화르르 꽃나비로 날아오르네요.

이젠 풀꽃입니다.

개나리, 진달래, 목련, 벚꽃.

나무가 매달았던 꽃들의 화려한 잔치가 끝난 자리.

그 아래서 겸손하게 피어나는 꽃들이 있어요.

깊은 관심은 자세를 낮출 때 받겠다는 걸

조용하고 얌전하게 기다리는 꽃들 덕분에 향긋한 봄날.

참 고운 4월 여섯째 날에 끼적이는 기별입니다.

5월

가장 좋은 시절입니다.

도심의 복잡함도

햇살의 따가움도

빗줄기의 요란함도

바람의 앙살도

온몸으로 품어주고 받아주는 나무들 푸르니까요.

그 연한 빛깔로 가볍게 살랑거리면서도 결코 경박하지 않고,

옮겨 앉을 줄 모르고 한 자리를 묵묵히 지켜내면서도

결코 미련해보이지 않는 나무

꽃보다 초록이 얼마나 더 아름다운지 나무를 통해 깨닫습니다.

기념할 날이 많아 다소 부담도 되겠지요.

하지만 생각을 바꾸기로 해요. 그런 부담도 좋은 관계 덕분에 생기는 거니까요.

좋은 관계 속에서 살아간다는 깨달음이 그대를 행복하게 할 거라는 5월 첫날의 축원입니다.

2021. 5. 22
나무계단소래전지
#인향정 #2.3
#감나무 hot 맑은 노을화
조계영

6월

붉은 해가 서산마루에 걸렸습니다.
소월의 시 〈초혼招魂〉 속 슬피 우는 사슴의 무리 대신
길고양이들이 먹이 찾아 어슬렁거리는 패릉길이 온통 붉습니다.
하루를 잘 살아낸 이들에게
마지막 강복을 내리듯 서녘하늘 가득
붉은 입김을 쏟아낸 해가 기울고 있습니다.
열심히 산 벗들이여,
6월 첫날, 오늘도 안녕~

7월

아침부터 나뭇잎 사이에서 날개를 접은 나방을 보았습니다.

어딘가 지친 모습입니다. 날개에 묻은 가루만 햇살에 반짝입니다.

한창 꽃들을 찾아다니는 벌 나비와는 다른 모습입니다.

밤이면 불을 향해 날아드는 나방.

죽을 줄 모르고 날아드는 걸 보면서 측은지심보다는 성가시고 징그럽다는 생각만 했습니다.

"박꽃은 누가 수정하는지 알아요?"

밤에만 피는 꽃들을 위해 일을 하는 것이 나방이랍니다.

나방이 없다면 초가지붕 위의 둥근 풍경이 되는 박은 없을 거라지요.

나방을 다시 봅니다.

밤새 일을 한 날개를 쉬고 있는 나방을 보면서 저 힘없는 날갯짓을 무시한 것이 부끄러워집니다.

나방의 고단한 날개 위에 막 야간 근무를 끝내고 잠이 들려는 근로자의 모습이 겹쳐집니다. 참 숭고한 쉼이 아닐 수 없습니다.

우리의 7월도 각자의 삶에 치열하자고 그대의 첫날을 두드립니다.

8월

휴가로 시작하는 첫 날입니다.

편안히 쉬면서 재충전을 하라는 뜻이겠지요.

뜨거운 햇살을 생각하면 세상의 빛깔은 온통 불빛일 것만 같습니다.

눈 시리도록 빛나는 초록이 얼마나 다행이고 감사한지요.

사방이 초록입니다. 녹음이 숲의 깊이만큼 짙습니다.

어떤 불빛도 침엽수들이 쏟아내는 피톤치드로 순화시킬 것 같습니다.

오솔길처럼 정다운 이야기들로 뜨거운 여름 열기 달래는

우리 그런 사이 맞죠?

그렇다는 답은 이미 받았음을 전하는 8월 첫날의 편지입니다^^

9월

오늘 하늘은 보고만 있어도 기분이 좋아집니다.

첫날이 청아한 만큼 한 달도 청아하리라는 기대감을 갖게 합니다.

파란하늘 흰구름이

많아도 빽빽하지 않고

점점이 떠 있어도 허전하지 않은 것은

파란 바탕에 그려지는 무늬인 까닭이지요.

우리도 부디 저런 무늬만 그리면서 살아야 할 텐데, 감히 생각합니다.

그리고 그 생각을 조심스럽게 전하는 9월 첫날입니다.

10월

불과 두어 시간 남짓.

그 사이에 햇살은 안개가 숨겼던 것들을 샅샅이 다 찾아냈습니다.

자욱할 때만 해도 안개는

낮은 데서 웅크린 채 그가 감춘 풍경들에 대한 궁금증을 펼쳐 보일 생각은 결코 없는 듯했어요.

그의 의뭉스러운 속내쯤 나도 알고 싶지 않았어요.

숨기려고 하는 걸 굳이 들추고 싶을 만큼 내 마음이 여유롭지 않아서는 아닙니다.

다만 누구든 감추고 싶은 비밀 하나쯤 있으려니,

그렇게 헤아릴 뿐이지요.

그래봤자 두어 시간도 참지 못하고 저렇듯 말끔하고 선명하게 다 보여주는 것을.

정작 두려운 것은 안개가 숨긴 풍경이 아니라

다 드러내 보인 듯한 햇살 속에 숨겨진 그늘인지도 모르니까요.

누군가에게 그늘은 쉼터일 수도 있지만

누군가에게는 어둠일 수도 있으니까요.

그대는 어떤가요?

고단한 이에게 쉼터가 될 수 있는 그늘쯤은 가져도 좋겠다는 생각
으로

10월 첫날, 조심스럽게 그대의 생각을 묻습니다.

11월

온 산이 취해 비틀거린다
불행한 아버지
오, 불행한 아버지처럼
가을산이 취해 비틀거린다
아버지, 아버지, 아버지……
가지마다 어린 새들은
어쩔 줄 몰라
눈물로 매달려서 애원하지만
전신을 붉게 물들이고 몸부림치는
신음하는,
가을산의 몽롱함은 깨지 않는다

—이수익, 「가을산」

일출 무렵.

아침부터 하늘에 불이 난 줄 알았어요.

온 산을 데우고, 식어버린 들판을 데우고,

한겨울도 되기 전에 얼어붙은 사람들의 마음을 녹일 해를 숨긴 하늘.

그 따뜻한 속내를 오늘은 숨길 수가 없었던 모양입니다.

내가 숨긴 불씨는 어떤 걸까?

붉어지는 동녘하늘을 보면서 스스로의 깜냥을 헤아리는 아침입니다.

집사를 따라 움직이는 냥이들도 햇살아래 분주합니다.

저마다 역할이 얼마나 뚜렷한지 한낱 미물이라 여기기엔 미안한 마음입니다.

짜장이는 심한 장애냥이입니다. 다리가 기형이라 걷는데도 불편해서 발톱이 제 역할을 못합니다. 그럼에도 짜장이는 자신을 잘 압니다. 미모로 상대의 마음을 훔치는 재주가 있으니까요.

짱아는 단연코 애교쟁이입니다.

지극히 인간 친화적이어서 작은 발자국 소리에도 나비처럼 날다시피 달려옵니다.

때로는 발에 밟힐까 봐 신경이 쓰일 정도입니다.

반면 카레는 용맹스럽지요. 짜장이와 짱아에게는 든든한 수호신이며 보호자입니다.

개만 한 고양이가 넘봐도 쫓아내는 강단이 놀랍습니다.

그런 카레가 며칠 동안 보이지 않았어요. 여자 친구를 쫓아갔던지 가출했다 온 뒤로 앞발이 벗겨지는 상처를 입고 왔어요. 카레의 상처를 핥으며 치료해주는 건 짜장이에요.

제 역할은 제대로 알고 사는 냥이들.

부신 눈을 감은 듯 모여 앉아 햇살을 받는 냥이들을 보면서

나는 내 역할을 얼마나 하고 있는지 돌아보는 아침.

우리도 서로의 상처를 다독이며 살자는 마음을 전하는 11월 첫날의

편지입니다.

12월

올해 마당 한 귀퉁이 텃밭에 심은 배추는 여든 두 포기였어요.

한 판으로 파는 모종을 샀던 까닭이지요.

일찍 심은 덕분에 배추는 아주 잘 자랐어요.

남편은 이파리를 뒤적거려가면서 벌레도 잡았어요.

햇빛, 바람, 거름이 고르게 성장을 도운 덕분에 푸릇푸릇한 배추는

집들이를 오는 이들이 모두 탐낼 정도였어요.

그냥 있을 남편이 아니었지요.

오는 이들이 돌아갈 때마다 한두 포기씩,

그것도 속이 찬 것들부터 나눠주었어요.

그런데 아뿔싸!

가을비가 워낙 자주 추적거린 탓에 그 좋던 배추들이 밑동부터 무르기 시작했어요.

막상 김장을 담그려고 다듬었더니 열 포기 남짓이 고작이었어요.

결국 절임배추를 그만큼 더 사서 어제 종일 버물버물~

생각할수록 참 웃기는 김장인데 아삭아삭 맛은 좋네요.

김장 생각도 하지 않고

나누기에 바빴던 날들을 생각하면 실없이 웃음이 나네요.

비록 절임배추를 사서 보탰지만 좋은 쪽으로 생각하면 억울할 것도

2021. 6. 26
서울특별시 종로구 체부동
제 3 띠 백결마을

없지요.

　배추를 소금에 절이는 수고는 하지 않아도 되었으니까요.

　따지고 보면 생각 없이 나눈 것이 아니라

　계산을 따지지 않고 나눈 것이라 여기니 이 또한 스스로가 대견한
연말입니다.

　12월도 셋째 날이니 이제 스무여드레 후면 또 이 해가 저무네요.

　일출보다 아름다운 일몰이 있듯이

　신년의 벽참보다 막달의 보람에 뿌듯할 수 있도록 마무리 짓자고 띄
우는

　12월의 편지입니다.

오합지졸이라 비웃는 까마귀도

쉴 새 없이 파닥이던 날개를 접고 소란스런 우짖음도 멈춘 채

한 줄로 나란히 앉아 미사 중인 주일 아침.

동이 튼 지 한참이 지났는데도

세상은 조용하기만 합니다.

물속처럼 고요한 아침을 시끄럽게 해서는 안 된다는 걸 까마귀들도

아는 듯합니다.

찢어진 검정 비닐조각처럼 흩어져 어지러이 나는 까마귀들이지만

전깃줄의 음표로 앉은 걸 보면서 미사는 결코 사람만의 의식이 아닌

건 아닐까, 궁금증이 생기는 새해 셋째날입니다.

누군가를 위해서 조용히 기도하는 일이 얼마나 아름다운지

까마귀들에게서 읽은 지혜를 전합니다.

2020. 1. 22. 마을안길의 또 다른 민가를 담아오다.
누군가에게는 삶의 전부였을 곳을.   조 혜경

2월

때로는

먼 바다를 붉게 물들이며 솟는 일출보다

수줍은 듯 아쉬운 듯 노을을 남기며 서산으로 지는 일몰이 더 아름답습니다.

일출은 하루의 희망인 반면

일몰은 무수하게 남은 내일의 희망을 품은 까닭입니다.

이런 아름다움을 읽을 줄 아는 나 또한

때로는 쭉쭉빵빵 미인보다 아름다울 때가 있으려니 뻔뻔해져도 부끄럽지 않을 때가 있습니다.

1년 농사인 장을 담갔습니다.

항아리에 씻은 메주를 넣고 소금물을 만들어 부었습니다.

참나무 숯과 붉은 고추를 넣고

바람 송송 스미는 유리 뚜껑을 덮었습니다.

잘 익기를 바라는 마음뿐,

말도 함부로 하지 않던 어머니를 생각하면서 나도 말을 아꼈습니다.

말 속에 숨긴 모든 바람까지 항아리에 스며들어

달곰짭짤하고 구수하게 익을 장맛을 기대하면서.

우리들 사이도 그렇게 익어가기를 바라는 마음을 띄우는 2월 첫날
입니다.

3월

우리 집이 움트고 있어요.
꽃으로
새순으로
새싹으로

우리도 움트고 있어요.
격려로
웃음으로
마음으로

새순과 새싹 같은 웃음과 마음 전하면 좋을 3월이에요.
첫날이 그러하듯 움트는 한 달 보내시길.

2021. 2. 21
고속새 미곧 들꽃원

조 혜정

4월

맑음으로 시작하는 4월입니다.

3월의 편지를 건너뛰면서 관계에 대해 생각이 많았어요.

영속성과 단절감.

한 달 사이에 얻은 결론은 이거였어요. 살아 있는 동안 얽히고설킨 관계는 늘 지속된다는 것, 누가 시켜서, 혹은 원해서 보내던 편지가 아니었음에도, 기다리는 사람이 있어서 보냈으면서, 받는 이의 관심을 기대했었다는 사실에 좀 민망하기도 했어요.

요즘 4월은 결코 잔인한 달이 아니란 걸 깨닫는 중이에요.

아무 생각 없이 T.S. 엘리어트의 시에 우리의 생각을 맞춘 건 아닌지를요. 황무지를 뚫고 돋는 새싹에 눈 맞춰보세요. 알전구처럼 켜지는 꽃등불로만 향하는 관심의 눈길을 풀씨의 안간힘에도 돌려보자고요.

그랬더니 알겠데요.

4월이 얼마나 감사한 달인지….

시나브로 달라지는 세상풍경을 볼 수 있음에 새삼 감사합니다.

이 마음을 전하면 그대의 4월도 감사로 가득하려니 여기는 첫날의 편지입니다.

5월

이 계절이면 목월의 〈윤사월〉을 읊조리곤 합니다.

산을 오를 때마다 읊조렸던 걸 이제는 날마다 웅얼거립니다.

솔숲에 둘러싸인 집에 사는 덕분이에요.

솔향이 스민 장맛이야 기대되지만,

한 가지가 좋으면 한 가지는 그렇지 않은 법.

기르는 고양이들이 매일 원치 않은 송화수를 마셔야 하고

빨래 건조대며 데크가 온통 송홧가루로 누렇다는 것.

누릴 것만 누리고 그렇지 않은 건 해결하며 살 수밖에요.

연두와 초록 사이

쪽빛하늘보다도

고운 꽃보다도 더 아름다운 풍경.

눈을 한 군데 고정시킬 수가 없는 계절입니다.

마음까지 연한 물빛이 되는.

해서 물처럼 맑게, 풀처럼 싱그럽게 살고 싶은 5월 첫날,

그대의 안부를 묻습니다.

6월

집의 앞뒤가 온통 솔숲입니다.

조금씩 연둣빛을 내는 잔디사이로 뾰족한 이파리를 내민 어린 소나무들을 보면서

6월을 시작합니다.

언제 날아들었는지 솔씨들이 여기저기 뿌리를 내린 모양입니다. 군데군데 싹을 틔운 소나무들이 많기도 합니다.

더러는 마당 가장자리에

더러는 텃밭 언저리에

대부분은 가장 넓게 자리한 마당의 잔디사이에 뿌리를 내렸습니다.

뿌리째 뽑을 수밖에 없습니다. 잡초와 함께 소나무의 싹을 뽑으면서 생각합니다. 소나무도 잡초일 뿐이니까요.

가만히 두면 멋들어진 나무로 자라겠지만 소나무도 잡는 자리에 따라선 잡초일 수밖에 없습니다.

누울 자리를 보고 다리를 뻗으란 말을 실감합니다.

나는 과연 맞갖은 자리에 뿌릴 내렸는지,

내 자리를 잘 지키며

자리에 어울리게 살고 있는지도 반성하는 잿빛 아침.

각자의 역할에 맞는 삶을 위해 서로를 다독이기로 해요.

첫 여름을 견디는 힘이 될 테니까요.

7월

움직이는 해바라기,
우리 어머니

아침부터
도라지꽃길에서
꽃마중하신다.

할미꽃과 도라지꽃
캬아, 절묘하다.

— 장세련, 「꽃길」

우리 집 마당은 지금, 붉음이 한창입니다.
붉기로는 태양과 겨뤄도 손색이 없습니다.

5월부터 피기 시작한 병꽃,

7월이 되도록 그 가녀린 몸으로도 제 색깔을 잃지 않고 피고지면서

7월이 되면서 피기 시작한 겹봉숭아와 더불어 보이는 붉은 웃음이

여간 매혹적이지 않습니다.

더위에, 일에 지치려는 나를 향한 7월의 응원을

그대의 첫날에도 없습니다.

2020. 7. 5
조혜정   photo by Tea House Morri

8월

여름해가 얼마나 뜨거운지를 안개가 숨겼을 때는 몰랐어요.

상황에 따라 생각도 바뀌니까요.

안개가 꺼내놓은 해는 정말 뜨겁네요.

다소 지겨운 더위긴 하지만 그나마 휴가시즌이어서 다행이긴 해요.

그래도 이깟 더위, 맘만 바꾸면 오히려 큰 고마움이 될 거라고 생각해요.

알알이 시큼하고 떫은 열매마다 스미고 스며서

달곰하고 새큼한 향기 품은 과실로 바꿔줄 거니까요.

그리고 찬바람 쌩쌩 불어 옷깃 여미는 어떤 날엔 또, 이런 날이 그리움이 될 거예요.

부디 어떤 상황이든 건강한 마인드 컨트롤로 이겨내자는 마음으로 띄우는 8월 첫날의 편지입니다.

9월

시골로 이사한 건 행운이에요.

거실을 비롯한 건물의 모든 창문이 특히 그런 생각을 갖게 합니다.

나날이 다른 그림으로 채워지는 액자가 되는 창문.

조금만 열면 언제든 맑은 공기를 밀어 넣고, 새 소리, 바람 소리로 귀를 즐겁게 하거든요.

오늘 그림은 결코 볼 수 있을 것 같지 않은 쪽빛하늘이 바탕이 된 산수화입니다.

여전히 푸른 잎으로 언덕을 채운 솔밭, 초록에서 시나브로 노르스름해지는 논이 주제입니다.

간절히 기다렸던 가을 초입 풍경이에요.

우리도 누군가에겐 그런 기다림이 되도록 살아보자는 9월 편지를 띄웁니다.

첫날을 맞는 모든 그대에게.

10월

하늘, 흐려도 마음은 밝게 갖기로 해요.

지진 공포로 떨었던 9월이 지나갔잖아요.

잘 익은 과일들, 알곡으로 고개 숙인 벼 이삭들.

내 것이 아니면 어떤가요?

보고만 있어도 넉넉해지는 걸요.

산들바람, 눈 시릴 만큼 파란하늘, 햇살에 투명하게 빛나는 단풍도 기대되잖아요.

가을은 정말이지 둘러보면 마음 밝혀 줄 것들이 참 많은 계절이에요.

그런 것들이 모두 자연이란 사실을 깨닫고 나니, 사람도 결국 자연이란 생각을 하게 되네요.

고로 산처럼, 들판처럼, 하늘처럼

보기만 해도 마음 밝히는 관계에 대해 생각해보면 어떨까요?

시월 그대의 첫날을 노크하는 이유입니다.

11월

목요일마다 생방송으로 하던 코너를 이번 주는 녹음으로 대신했습니다.

목요일부터 시작되는 일탈을 위한 방편이었습니다.

때 이른 추위에 몸이 옹송그려지는 날입니다.

급강하한 기온 탓도 있겠지만 마음이 먼저 한기를 느끼는 건지도 모를 일이지요.

나도 모르는 사이에 휘말려버린 소용돌이에 이리저리 떠다니다 시나브로 해진 옷가지 사이로 스미는 현 세파의 바람도 한 몫을 한 거니까요.

그것이 나와는 상관없는 일이라며 무심하려고 해도 외면할 수 없는 우리의 일.

혹세무민하던 신돈과 라스푸틴의 이름이 거론되는 현 시국이지만 이미 빚어진 일.

때문에 유난히 길게 느껴지고

때문에 유난히 춥게 느껴지겠지만, 빛나는 태양은 그래도 희망입니다.

해가 있어 얼마나 감사한지요.

스산한 세파가 지진보다 심하게 민심을 흔들어도,

우리만은 제 역할에 충실하자는 바람을 11월 첫날에 띄웁니다.

2020. 11. 18
양산 서리안길   조 혜정

12월

가슴이 자주 답답하신가요?

혹, 정체 모를 울화로 치밀어 오르는 분노를 느끼지는 않는지요?

이렇게 사는 게 정답인가, 스스로 열심히 살고 있다는 자부심으로 채워졌던 가슴을 짓누르는 무거운 화두가 새로 생기지는 않았는지…….

이런 모든 것의 증상은 '순실증' 때문이라네요.

그렇지만 이겨내야죠. 그 까짓게 뭐라고.

건강하게 사는 많은 이들에게 자괴감을 안겨 준 강남아줌마와,

그를 묵인, 동조한 권력자의 무관심 내지는 전적인 신뢰가 전횡이 되었지만,

세상이 어지럽다고 우리가 풀 죽어선 안 되잖아요.

표면적으로는 세상을 이끄는 이가 한 사람의 수장인 것 같지만,

깊고 자세하고 그윽하게 들여다보면

세상을 바꾸고 이끈 것은 늘 풀뿌리로 불리는 보통사람들이었어요.

권력자들은 이런 우리를

2021. 4. 10
나뭇가지에
흰하얀봄

보잘것없는 떼거리, 오합지졸이라 무시하고 비웃겠지만 결국은,

개망초 같은 들꽃무리 앞에 고개 숙이게 돼 있는 게 홀로 크고 화려하게 피는 장미였어요.

고로 순실증쯤은 몸살을 떨쳐내듯 가볍게 이겨내자고요.

그리고 본연의 나를 챙겨 남은 한 달 결산에 박차를 가하자고 12월 첫날에 전하는 마음입니다.

정유년의 아침이 밝았습니다.

나목에 앉은 까마귀 떼를 보았습니다.

나무에 매달린 채 말라버린 겨울 열매처럼 새까맣습니다.

거무스름한 나뭇가지와 새까만 까마귀가 만든 그림.

무채색의 그 빛깔은 검소하기 이를 데 없습니다.

죽은 듯 살아 있는 까마귀나무.

가지마다 생명이 파닥입니다.

새날이 밝았어요, 어김없이

해마다 맞는 새해지만

에누리 없는 따스함은 한결 같기를

도돌이표는 필요 없기를

변함없는 맘 나눌 수 있기를

함께하는 시간이 더 많기를

없는 맘도 찾아서 챙겨보기를

이런 정유년이길 바라는 맘으로

1월 둘째 날에 '새해에도 변함없이' 살자는 바람을 8행시로 대신합니다.

3월

오늘도 나는 자유가 없다

절망이 탈출하는 공명줄 같이

눈부신 어제가 찍어낸 출렁다리 같이

갓 핀 잎들에 갇혀 파랑의 파란에 질려 있다

— 이강하, 「벚나무」

주부습진으로 고생하는 며칠 사이 2월이 시작되었더군요.
자판 두드리기에도 신경이 쓰여서 2월의 편지를 생략했어요. 한 달
빼 먹어도 3월이 있으니까요.
경축일인데도 오늘의 하늘은 잔뜩 무겁습니다.
마치 이즈음 우리의 기분처럼.
그러나 어떠려고요?
이 또한 지나갈 것이고, 저 구름 뒤에는 더 큰 빛이 숨어 있으리니.

죽은 듯 마른 삭정이에도 움이 돋고,

잿빛 들판에는 곧 연둣빛 새싹이 돋으리니.

절망스러운 현실도 포기하지만 않으면 희망으로 바뀐다는 걸 잊지 말아야겠어요.

아무리 작아도 빛은 반드시 어둠을 이겨내는 것도 진리고요.

이러한 신념으로 또 한 달을 살아내자는 맘으로 띄우는 3월 첫날의 편지,

우리 집 마당 풍경에 얹어서 띄웁니다.

4월

아침부터 비가 부슬거렸습니다.

활동하기 불편한 주말이 되겠구나, 싶어 잠시 서글펐지요.

그런데 익숙하면서도 새로운 풍경을 만났습니다.

숨은 그림 찾기다.

까치는 그리 말하고 있었어요.

먹이를 찾아 사람의 마을로 나들이를 온 것은 큰 용기였을 거예요.

노리갯감을 찾아 나비처럼 움직이는 고양이 때문에도 마냥 안심할 수는 없었겠지요.

그럼에도 마른 나뭇가지 사이에 숨어 쉴 새 없이 나무 틈새로 엿보면서도 까딱거림은 멈추지 않았어요.

삶이란 고단한 것.

딱히 적이 아님에도 사람을 경계하는 까치나

딱히 적이 아님에도 경계를 당하는 사람이나.

까치를 보면서 깨달았어요.

마음 졸이며 사는 사람에게 왜 새가슴을 지녔다고 하는지를.

한없이 가벼운 날갯짓으로 홀가분하게 날지라도 무릇 삶이란 생명체에게는 고단한 것. 그래서 아름다운 것.

마당에서도 반가운 풍경을 만났어요. 누렇게 바랜 채 낮게 엎드려 겨울을 견딘 잔디마당이 살아나고 있었거든요. 연둣빛 새싹들로 말이죠.

묵혀두었다가 잊었던 낡은 상자에서 가벼운 외출에 꼭 필요한 액세서리를 찾아낸 기분이랄까요? 얼마나 깜짝 반가웠던지.

죽은 땅에서 라일락꽃을 피우는 모습을 보면서 4월을 잔인한 달이라 읊었던 엘리어트가 얼마나 위대한 시인인지를 새삼 깨닫는 순간이기도 했지요.

새 생명이 움트는 계절이에요.

우리의 낡고 해진, 혹은 굳은 감성에도 새순이 돋을 것 같은.

그러길 바란 만큼 서로의 감성에 단비가 되었으면 하는 바람을 전하는 4월 첫날입니다.

#메타세라이 의 꿈 헤메라#

2024. 5. 20 나무고개자로차터니지 #20 #담양

5월

목월의 시에서는 마냥 낭만으로 흩날리는 송홧가루가 생활 속에서는 그렇지 않다는 걸 깨닫는 요즘이에요.

산지기 외딴집은 아니지만 우리 집도 송홧가루로 온통 뒤덮이는 날들이라 청소가 여간 힘든 게 아니거든요.

그래도 감사할 일이지요. 자연이니까요.

먹을 것이 귀하던 시절 송홧가루는 얼마나 소중한 간식의 재료였던가요.

송홧가루로 노랗게 빚은 다식을 입안에서 녹이던 시절을 생각하면 꽃이라곤 피울 줄 모르는 줄 알았던 소나무에게 미안해집니다.

소나무꽃은 어쩌면 자신의 존재감을 송홧가루를 흩날리면서 드러내는 건지도 모르겠어요.

오월,
나무마다 흐드러진 꽃들
모두가 등불 같다

나무에 핀 꽃들은
노랑이 대세인 땅에 붙어 피는

풀꽃 향한 그리움이다.

말이 되는지 안 되는지도 모를 감상을 웅얼거리며 송홧가루를 씻어
냅니다.
물이 황톳물처럼 누렇습니다. 물 위로 물과 섞이지 않은 채 물 위에
떠 있는 송홧가루 때문입니다.
이 또한 꽃으로 인정받지 못하는 소나무의 작은 항의로 여기니
청소로 고단한 날조차 감사한 5월 첫날.
다시 그대가 그립습니다.

6월

틈만 있으면
풀들은 빈터에
빈틈없이
틈틈이 돋아난다

그렇다면 풀들은
틈의 희망일까
빈틈의 절망일까
틈틈이
피는 침묵일까
지는 소리일까

— 김춘남, 「빈터」

긴 가뭄은 재앙이에요.
충청 쪽은 더 심하다지요?
저수지 바닥에 거북이가 사는 줄 몰랐어요.

바닥을 드러낸 저수지를 보면서 웅크린 채 숨죽이고 있던 그 거북이들이 일제히 등껍질을 드러냈다는 생각이 들었어요.

바닥에 있어야 할 거북이가 등껍질을 드러냈다는 사실이 두려웠어요. 세상 이치를 거스르면 일어나는 재앙이 염려되었거든요.

무성한 풀숲이어야 하는 들판이 겨우 목숨만 부지한 채 초록에 닿지 못하는 모습은 안쓰러웠고요.

그런 중에도 잔디마당의 풀을 뽑아내면서 깨닫는 게 있었어요. 때론 혹독함이 만물을 내적으로 성장시킨다는 사실이었어요.

그들은 최소한의 수분만으로도 살아가는 법을 터득하고 있더군요.

낮은 키. 가녀린 줄기, 그러면서도 가능하면 길고 가늘게 뻗은 뿌리로 신산한 가뭄의 세월을 견디고 있었거든요.

잔디마당의 풀 뽑기는 여름 아침의 중요한 일과입니다.

덕분에 비타민D의 섭취는 충분할 것 같습니다.

혹독할 만큼 극심한 가뭄에도 풀은 얼마나 잘 자라는지 잔디의 번식력을 능가하데요. 뿌리끼리 손을 맞잡은 잔디 마당에서 가장 많이 눈에 띄는 풀은 망초와 바랭이입니다.

드문드문 날아든 솔씨와 민들레, 명아주, 괭이밥도 만만치 않게 많지만 망초가 하도 많아 눈에 잘 띄지도 않을 정도입니다.

잔디밭의 풀들은 뿌리가 한결 같습니다. 모두가 꼬불꼬불한 모양새거든요. 촘촘한 잔디망 사이를 뚫고 자라려면 휘어지는 것이 지혜임을 아는 까닭이겠지요. 그런 만큼 뽑는 데도 공을 들여야 하지요. 여느 땅에 난 풀처럼 적당히 잡아당겨서는 툭, 끊어지기 일쑤거든요. 끝이 뾰

족한 호미로 쪼든지, 손을 깊이 넣어서 최대한 바닥에 가까이 닿은 부분을 단번에 당겨서 모질게 뽑아내야 하죠.

힘겹게 살아낸 풀일수록 솎아내기도 어렵습니다.

많은 고난을 극복한 사람일수록 웬만한 세상 풍파쯤은 거뜬히 견딘다는 걸 풀을 뽑으면서 깨닫습니다. 세상살이에 잡초 같은 근성의 필요성을 강조하는 이유가 분명해집니다. 문득 풀뿌리를 단단하게 잡은 손에 잠시 힘을 빼고 들여다보았더니 말라가던 풀포기들이 오늘은 생기를 찾았데요.

간밤에 내린 약간의 빗줄기로 목을 축인 덕분이죠.

긴 가뭄엔 이 또한 단비.

우리 이처럼 힘든 중에도 서로에게 여름날 단비 같은 관계가 될 수 있으리.

그런 믿음을 굳히는 6월 첫날입니다.

7월

하늘이 낮아졌어요.

곧 비가 쏟아질 것 같네요. 정말 그랬으면 좋겠어요.

"제발 비 좀 내렸으면……."

요즘 전 국민의 소원일 거예요.

'우리의 소원은 통일'을 노래했던 시절이 있었죠. 그때 이후 온 국민의 소원을 하나로 만든 건 유례없는 가뭄일 거예요.

그렇지만 마음까지 가물게 해서는 안 되겠죠.

새해 아침, 마음에 묻은 소망 씨앗, 잘 자라고 있나, 지금쯤 뒤적여볼 때라고 생각해요.

무심했던 사이 혹시 말라버렸을지도 모르니까요. 하지만 늦지 않았어요. 싹이 나올 수 있도록 부디, 맘 더 깊은 곳에 있는 정서의 샘에서 물 긷는 일에 최선을 다하기로 해요. 6개월이면 싹 틔워 가꾸기에 충분하잖아요?

스스로의 새해 다짐, 한번쯤 재점검할 때가 됐음을 일깨우는 7월 첫날의 편지입니다.

2021. 9.9 네이키 김혜진

8월

어머니는 그륵이라 쓰고 읽으신다
그륵이 아니고 그릇이 바른 말이지만
어머니에게 그릇은 그륵이다
물을 담아 오신 어머니의 그륵을 앞에 두고
그륵, 그륵 중얼거려 보면
그륵에 담긴 물이 편안한 수평을 찾고
어머니의 그륵에 담겨졌던 모든 것들이
사람의 체온처럼 따뜻했다는 것을 깨닫는다
나는 학교에서 그릇이라 배웠지만
어머니는 인생을 통해 그륵이라 배웠다
그래서 내가 담는 한 그륵의 물과
어머니가 담는 한 그륵의 물은 다르다
말 하나가 살아남아 빛나기 위해서는
말과 하나가 되는 사랑이 있어야 하는데
어머니는 어머니의 삶을 통해 말을 만드셨고
나는 사전을 통해 쉽게 말을 찾았다
무른 시인이라면 하찮은 것들의 이름이라도
뜨겁게 살아 있도록 불러주어야 하는데

두툼한 개정판 국어사전을 자랑처럼 옆에 두고
서정시를 쓰는 내가 부끄러워진다

— 정일근, 「어머니의 그륵」

실비로 시작하는 새 달입니다.

하도 오래 쨍쨍했던 날의 연속이어서 이런 날씨가 얼마나 반가운지 몰라요.

이 축축함, 눅눅함, 꿉꿉함까지 행복으로 안기네요.

긴 가뭄이 이런 것들까지 감사하게 만든 거죠. 하느님은 이처럼 늘 우리를 깨우쳐 주시네요.

또 한 번 깨닫는 진리는 사람 사는 세상에 100% 좋기만 한 것도, 100% 나쁘기만 한 것도 없다는 거예요.

짚신장수와 우산장수 아들을 둔 어머니의 마음이 어떠냐에 따라서 행, 불행이 결정된다는 우화도 생각나는 아침.

긍정마인드가 주는 에너지를 장착하고 시작하기로 하자고요.

음~

꿉꿉함 덕분에 오히려 마음이 보송보송해지는 8월,

그대의 첫날을 기억합니다.

2021. 4. 9   양양해수욕장 인근에서 글 혜경

9월

8월이 담장너머로 다 둘러메고
가지 못한 늦여름이
바글바글 끓고 있는 뜰 한 켠
까자귀나무 검은 그림자가
퍽 엎질러져 있다
그곳에
지나가던 새 한 마리
자기 그림자를 묻어버리고
쉬고 있다

— 오규원, 「9월과 뜰」

세상에, 하늘 좀 봐요.
구름마저 반짝이네요.
공기는 또 어떻고요.
어디 먼 데서 태풍이라도 시작됐을까요?
그러거나 말거나 선선하게 부는 바람이 신선하니 기분 좋은 아침이

에요.

무던히도 더운 여름이었죠.

잘 견뎠으니 맘껏 위로 받아도 좋겠죠?

한낮은 아직 햇살이 따갑지만 그 볕은 알곡들을 위한 축복이려니 여기면 그 또한 고맙기만 하죠.

생각하면 감사하지 않을 것 없는 날들입니다.

살아있어서 느끼는 모든 감정, 감각, 감성까지 일깨워서 스스로 더 많은 걸 누리자고 띄우는 9월 첫날의 편지입니다.

10월

미루나무 가지 끝에
초승달 하나
걸어 놓고

열사흘
시름시름
밤을 앓던
기다림을

올올이
풀어내리어
등을 켜는 보름달

— 공재동, 「한가위」

한가위의 긴긴 연휴로 시작되는 10월. 참 좋은 달임을 굳이 말할 필
요도 없겠죠.

가뭄은 길고 지루했어도 알곡이며 열매는 그런 대로 풍성합니다.

시련 끝의 열매라 비록 잘고 보잘것없어도 감사가 저절로 나오는 계절입니다.

햇살이, 바람이, 구름이…….

하늘에서 펼쳐 보이는 건 모두가 아름다움입니다.

그렇듯 땅에 발을 딛고 사는 우리의 나날들도 그러하기를 바라는 10월 첫날의 마음입니다.

2020. 9. 24.   photo by 마나여행
우 외는 그 그림 그림

11월

품었던 잎새들
아낌없이 내어줬다.
빈 가지마다 맑은 하늘이
새살로 차올랐다

— 이자영, 「색色-나목」

집 앞의 들판은 아직도 누래요.

베다 만 벼가 햇살을 받아 눈부신 날이에요.

어느 음식점에서 손님들에게 나눠 준 허브 두 포기에도 앙증맞은 꽃이 매달려 있어요. 핀 지 꽤 오래 됐는데도 시들지 않음은 이즈음 햇살을 다시 생각하게 합니다.

여름 햇살처럼 열매를 굵히고 익히기엔 약하지만, 아름다움을 오래 지키는 따스함은 간직하고 있다는 것.

참 고마운 일이지요.

해 대신

지다만 열사흘 달이

서산 위에서 밝히는 희끄무레한 아침

모두에게 밝은 하루를 기원하느라 해가 뜨길 기다려 서산골로 숨으려는 그 맘을 헤아리니 더 아름답습니다, 지다 만 달. 사랑하는 이와의 작별이 아쉬워 잠시 발걸음 멈추던 그대처럼.

남은 가을과 떠나는 가을이 한 곳에 머뭅니다.

남은 가을은 나뭇가지마다 노랗게 팔랑거리고, 떠나는 가을은 그 아래서 가볍게 휘리릭, 몸을 뒤챕니다.

남은 가을은 교만하지 않고, 떠나는 가을은 서글프지 않습니다.

사람만이 남았음에 안도하며 곧잘 교만해지고, 떠남에 있어 미련 떨다 서글퍼할 뿐이죠.

보너스처럼 주어지는 특별한 휴일 하나 없어 자칫 밋밋할 11월.

짧지만 온기가 남은 저 햇살처럼 서로에게 따스한 마음 전해서 어떤 특별한 달보다 더 특별한 달로 만들기를 바라는 11월 첫날의 편지, 아시죠?

12월

하늘에서 그 남자가 내려온다

온다는 소식도 없이
간다는 기별도 없이
해마다 찾아오는 첫사랑 그 남자
문밖 서성이다 가 버리더니
오늘은 사뿐 내 어깨에 내려앉았다
먼지처럼 가벼운 그 남자
얄미워라,
저 혼자만 세월을 비껴갔네
아직도 스무 살 그대로다

—신혜경, 「첫눈」

계절은 어쩌면 이리도 단호할까요?
일반적으로 알고 있는 가을은 11월까지입니다.
어제까지는 그야말로 어느 만큼은 가을다웠습니다.

그런데 오늘 아침, 자연스럽게 뱉은 말이 "어~ 추워."였어요. 새벽 공기가 정말 쌀쌀했거든요.

몸을 옹송그리면서도 감사의 마음으로 살자는 최면을 걸었습니다.

헉헉거릴 만큼 무더위에 허덕였던 지난여름.

이 겨울은 얼마나 그리워했던 계절인가요?

그 그리움에 대한 책임회피를 해선 안 되지, 싶어서 옷깃만 단단히 여몄습니다.

좋았어요. 머리가 맑아지데요.

추위가 반짝이는 일깨움으로 바뀌더군요.

12월입니다. 딱히 한 장 남은 달력을 서글퍼 할 일만은 아니란 거죠. 또한 춥다고 웅크리기만 할 계절도 아니고요.

그저 무난하게 이어지는 시간의 연속임을 깨닫자는 생각을 했습니다.

고로 외려 더 명료해진 생각으로 처음처럼 띄우는 12월 첫날의 편지입니다.

2021. 6. 24. 수요일에 조 혜정

무서리 찬바람도 아랑곳없이
술술 풀려가는 새로운 한 해 되어
년(연)달아 좋은 날 되기를 빌어보는 이 시간

첫 마음 설레임도 꽃피고 열매 맺길
날마다 서로를 위해 기도하면 좋겠다,
에둘러 띄우는 소망편지 그대에게 전해지길

정식 무술년은 음력이라 아직 꽤 남았지만 2018년엔 부디 저리 살자고
'무술년 첫 날에' 띄우는 시조 두 수로 새 해 인사 대신합니다.

2011. 1. 1
이밤이 끝나기전에
끝내고픈 그림이 있다는것.

Photo by 수복님에
그림 해미22

2월

겨울나무를 보면
일생을 정직하게 살아온
한 생애를 마주한 듯

나이에 대하여
부끄럽지 않은
풍모를 본다.

욕심을 버리고
간소한 마음은
얼마나 편안할까?

노엽타지 않고
짐 벗은 모양은
또 얼마나?

겨울나무를 보면
섣불리 분개한 것이

무안해진다.

— 강세화, 「겨울나무를 보면」

시베리아 한파보다 더 심한 한파였다죠?

사나운 시어머니 눈초리 같았던 겨울이 오늘은 맘을 조금 누그러뜨린 듯합니다.

주말에 다시 추워진다지만

마음부터 미리 추워할 필요는 없겠지요.

따지고 보면 추위도 더위도 마음이 더 많이 타는 것,

제 자리 지키며 제 몫을 다하는 사람은

이깟 기후 변화쯤은 삶의 장식처럼 여길 수 있을 테니까요.

겨울나무들을 보세요.

아무리 추운 날도 맨 몸으로도 굳건히 견뎌내잖아요?

해진 누더기 조각 같은 잔 이파리 하나 남기지 않은 채.

자세히 보면 안간힘 쓰며 버티는 게 아니라 의연하게 견디는 걸 알 수 있어요.

저 겨울나무처럼,

세월의 풍파도 이길 내공을 길러 버티기보다는 견디자는 맘 간절한 2월 첫날, 그대도 그러하기를.

3월

간밤에 집에 들어서니

바람이 몰아다놓은 나뭇잎들이 마당에 가득했습니다.

삼대가 사는 집인데도 폐허를 연상케 할 정도였지요.

세월도 쌓인 한이 많으려니,

바람에게도 측은지심이 들었습니다.

이어서 든 걱정은

'낼 아침 저걸 어떡하나?'였습니다.

쓸어내야 할 일이 걱정이었으니까요.

바람의 난동은 밤새 계속되었습니다.

제대로 자리 잡지 못한 물건들을 굴리는 분탕질에 잠을 설칠 정도였습니다.

아침까지도 몰아치는 바람은 현관문이 열리지 않을 정도의 힘을 지녔더군요.

그런데 웬걸요?

가까스로 문을 열고 내다보니 바람은 마당을 깨끗하게 쓸어 놓았더군요.

스스로 친 분탕질을 스스로 수습한 거죠.

오늘은 바람에게서 배웠습니다, 스스로 책임지는 자세를요.

3월 한 달은 매사를 책임지는 자세로 살아야겠다, 이런 생각이 들었거든요.

모든 사람이 스스로의 행동에 책임지는 자세만 가지면 세상은 얼마나 밝아질까?

3월은 이렇게 엽니다.

4월

아침부터 하늘이 뿌옇네요.

이 시각이면 거실 창을 통해 훤히 보이는 풍경이 있어요.

대형선풍기 날개 같은 풍력발전기죠.

비록 느리게 돌아가지만, 맑음과 밝음과 동력의 상징처럼 느껴졌는데 오늘은 다르네요.

분명 해는 떴는데 세상이 흐릿한 건 내 시력이 약해진 것도 아니고

구름이 낀 것도 아닌데 말이죠.

어쩔 수 없이 깨닫게 된 건 결국

해를 가리는 것이 하늘에 뜬 구름만이 아니란 사실입니다.

대기를 채운 먼지조각 때문일 수도 있다는 거죠.

눈에 보이지 않아서 무시하기 십상이나, 또한 그래서 무섭게 몸을 망가뜨리는 미세먼지는, 현대를 살아가는 우리에겐 시련이며 재앙인 듯해요.

그렇지만 어쩌겠어요?

피할 수 없으니 즐기진 못 해도 이겨내야죠.

2021. 3. 21

#usk_suwon
#간단휴식꽃그리기
#각시붓꽃

조 계 순

좀 더 조심하고

좀 더 세심하게 스스로의 건강을 점검하고, 미세먼지처럼 스스로의 의식을 좀 먹는 건 뭔지도 돌아보라는 의미로 받아들여야죠.

아무려나 투명한 4월 하늘을 기대하며 밝은 심성 잃지 말자는 바람으로 띄우는 부활절 아침,

제가 만든 부활계란과

마당의 유실수들이 피워낸 꽃과 함께 띄우는

4월 첫날의 편지입니다~~

5월

이즈음의 산들은 언제나 희망입니다.

대형 브로콜리로 꾸며진 세상은

의욕이며 용기죠.

초록뿐인 세상이 자칫 단조로울 수 있으나,

오히려 푸른 피를 돌게 하는 거 같지 않은가요?

연하고 짙은 초록을 보면서

눈이 부신 건 황금빛만이 아님을 깨닫는 아침.

가랑비가 내리느라 하늘은 흐린데도

가슴은 초록에 대한 기대로 설레고 있습니다.

비에 씻긴 초록이 쏟아지는 햇살을 겨워할 때쯤은 또 얼마나 눈부실까,

미리 감동하고 있거든요.

이 계절만이라도 부디 저 초록처럼

늘 푸른 가슴 지니자는 바람을 전합니다.

5월, 그대의 둘째날에.

6월

씀바귀꽃이 피었어요.

가만히 들여다봤어요.

작고 노란 꽃잎들이 자잘한 이슬방울들을 달고 있데요.

별가루를 뒤집어 쓴 듯한 꽃잎이 얼마나 앙증맞던지.

맛을 색으로 표현하자면 씀바귀는 검정색꽃을 피울 것처럼 쓴 맛을 내는 풀이잖아요.

그런 풀에 그토록 여리고 노란꽃이 피어날 줄이야⋯⋯.

무심코 보아 넘길 뿐

모르고 사는 게 얼마나 많은지를 깨닫게 한 작은 풀꽃 다섯 송이.

아침 이슬내린 잔디마당 한 귀퉁이에 피어난 씀바귀꽃은 신비고 환희였어요.

이 놀라움으로 오늘 하루만이라도

미세먼지니, 초미세먼지니 하는

눈에도 보이지 않는 것들의 공포를 잊고 살 것 같네요.

찾아보면 감성을 말랑하게 할 만한 것들은 지천이에요.

그런 만큼 어떤 것에 마음이며 눈길을 줄까 하는 건 스스로의 의지에 따라 다를 테죠.

그런 의지와 안목이 스스로의 삶도 바꿀 수 있음을 생각해보자는 6월 첫 날의 편지입니다.

7월

태풍소식의 한가운데서 새 달을 시작하네요.

쁘라삐룬이라죠?

'비의 신'이라는데 이름이 두 가지 생각을 갖게 하네요.

신답게 인간을 긍휼히 여겨서 적당히 빗줄기를 조율해 줄 우리 삶의 조력자일까,

신들린 듯 빗줄기를 마구 퍼부어서 많은 부분 상처를 주는 우리 삶의 파괴자일까?

어떻든 이름값은 할 테죠.

신의 뜻이라면 인간이 맞설 수도 없고.

그렇지만 우린 하나만 알면 된다고 생각해요. 완력 앞에 버티기보다는 대비하고, 포기하기보다는 극복하겠다는 자세로 임하기.

그럴 때 어떤 상황이든 새로운 에너지가 될 거라고요.

이런 생각을 갖게 하는 게 어찌 태풍뿐이랴마는, 다만 지금은 닥칠 상황을 슬기롭게 견디기로 해요.

그대의 7월도 그러할 거죠?

2020년
장마의어느날
빗줄기가 굵어지 않았다
그래피부을 보
그냥 맞아보리.

2021.5.14 1조비피닐유링링세개편조 김 혜경

8월

모든 빨간색은 온통 열기를 뿜어낼 것 같은 날씨입니다.

심지어는 장미꽃이나 봉숭아에도

손만 대면 불이 붙을 것 같은 그야말로 염천이에요.

그런데도 여름꽃은 어째서 사정없이 붉고,

여름볕이라야 잘 익는 고추는 더욱 빨갛게 불타는지요.

붉음을 받쳐주는 초록이 조화를 이뤄주는 게

여간 고마운 일이 아니지요.

다행히 절기는 비교적 순리대로 흐르더군요.

모든 것이 녹아버릴 듯한 더위도

7일부터는 조금씩 사그라들겠죠? 그날은 입추니까요.

가을이 시작된다는.

잠시만 생각하면 살아가는 일은 늘

희망을 향해 가는 여정이란 걸 알게 돼요.

그런 희망은 삶의 틈바구니마다 숨어 있다는 깨달음과 더불어.

다만 그런 희망을 찾아 나서고,

찾아내는 건 오로지 스스로의 몫이죠.

이 사실을 명심하고 행할 때라야만 희망의 진정한 주인이 될 테죠.

그런 만큼 오늘도 저 햇볕 속으로 함께 나서 봐요.

이런 마음으로 자칫 무기력해지기 쉬운 폭염쯤 견디며 이겨보자고

8월도 그대의 첫날을 응원합니다.

9월

외칩니다.
꽃처럼 아름다운 소식,
꽃빛처럼 고운 소식,
꽃내음처럼 향기로운…….
부디
나팔꽃처럼 널리 퍼질수록 기분 좋은 소식만
전하고 듣는 명절이길 바라는 맘
나팔꽃에 얹어서 외칩니다.
9월, 그대의 첫날에게

10월

며칠 새 어쩌면 이리도 달라졌을까요?

여름과 가을의 경계가 참으로 뚜렷하다는 생각이 듭니다.

9월 초에 백두산엘 다녀왔어요. 그 때문에 9월 편지를 생략하고 보니 더욱.

아침저녁 선선해진 공기가 기분 좋은 날.

누렇게 변해가는 들판은 그대로 평화입니다.

시나브로 고와지는 먼 산의 모습,

꽃보다는 열매가 돋보이는 나무들은 거룩하기만 하고요.

당장 눈앞에 보이는 잔디도 잎이 마르면서 조금씩 색이 바래는 중이에요.

기억에 각인된 여름을

어느새 희미해지게 하는 풍경들이 아닐 수 없네요.

또 다른 감흥을 안기는 저 들판이며 산을 보고 있자니

그리도 혹독한 더위뿐이던 여름이 있었나, 싶어질 만큼.

가을은 오고야 마는 것을.

창을 닫고 보는 풍경들이 여유와 한가로움으로 안깁니다.

정말이지 살 맛 나는 시절입니다.

내가 거둘 것은 무엇인가,

마음으로 먼저 갈무리를 생각해 봅니다.

하여 의미 있는 열매 거두시길 바라는 마음 담은

10월 첫날의 편지입니다.

11월

어중간한 달, 11월이 밝았어요.

창을 통해서 보는 풍경은 여전히 넉넉합니다.

아직 거두지 않은 벼논 덕분이죠.

시나브로 노랗고 빨갛게 물든 나뭇잎은 곱기만 하고요.

거기 눈물처럼 맺힌 물방울은 서리가 녹은 것일까요?

문득 궁금해지는 아침이에요.

아무려나

햇살 받아 빛나는 저 풍경이 마음을 새롭게 합니다.

저의 새로운 달도 찬란할 것 같은 기대로 밝아졌거든요.

어떤 풍경이든 얼마나 눈여겨보느냐에 따라서 삶의 자세도 달라진다는 걸 깨닫기도 했고요.

11월은 보너스 같은 주중의 공식적인 휴일 하나 없는 달이죠.

그래서 자칫 밋밋해서 지루하게 느낄 수도 있는 어중간한 달이기도 하지요.

그렇지만 생각을 달리하면 11월이야 말로 1년의 정점이 될 수도 있

겠다 싶어요.

한 해를 알차게 매듭지을 준비를 하기에 서두르지 않고 담담하게 임할 수 있으니까요.

제 생각, 괜찮죠?

한 마디로

여전히 열심히 살자는 바람으로 그대의 11월 첫날을 두드립니다.

12월

세월이 빠르다는 걸 새삼 느끼는 달,

아침부터 하늘이 무겁습니다.

미세먼지든 구름이든 달뜬 마음을 갖게 하지는 않는 풍경입니다.

몸까지 옹송그려집니다.

황량한 들판과 앙상한 나무들도 마음과 몸을 움츠리게 하는 데 한
몫을 합니다.

하지만 우리는 압니다.

저 들판은 지금도 초록의 꿈을 다지고 있고, 모세혈관까지 드러낸
나무들도

꽃피우고 열매 맺었던 시절의 추억으로만 버티고 있는 것이 아니라
는 걸.

다시 푸른 잎을 틔우고 푸른 바람을 맞을 꿈으로 견디고 있다는 걸.

하물며 꿈꾸지 않는 사람이란 얼마나 부끄러울까요?

지금이야말로 꿈꿀 때입니다.

한 해를 당차게 아우를 준비는 되었는지,

그리하여 새해를 맞기에 버겁지 않을 목표는 세웠는지, 점검해야 하니까요.

살아 있는 한 늘 꿈꾸어야 합니다.

작든 크든 스스로에게 걸맞은 꿈을 점검하자는 메시지를 전하는 12월, 첫날입니다.

장식 한옥도 아니지만 기와지붕이 내려앉을 듯 우거 있다

2021. 6. 24
#한옥 그리기 스케치북 여행지 #2 # 장생포고래문화마을 전 혜 정

기나긴 겨울밤에 바람까지 찬 것은

해묵은 감정들로 애면글면 하다가

황망히 떠나보내는 세월 설워 함이며

금빛 찬란한 새날이 우뚝 섰으니

돼먹지 못한 생각의 갈래 둘둘 말아서

지나간 날들과 함께 얼음박제 바람이라

'기해 황금돼지'로 만든 6행 졸시로
기해년 첫날의 편지를 대신합니다.

2021 2.27
노루귀
김 혜 란

2월

당신,

2월에 피는 매화꽃 향기보다 더 향기로운 유언을 아시나요?

"매화분에 물을 주어라!"

—김성춘, 「유언」

세상에 축복 아닌 것이 어디 있으랴.

어느 하루 특별하지 않은 날이 또 어디 있으랴.

두 발이 있으니 날마다 걷고 뛰는 것은 당연한 일,

그렇게 여겼던 날들이 그리움이 될 수도 있네요.

허나 그것이 그리움이라는 건 그날처럼 다시 걷고 뛸 수 있다는 희망의 감정일 테죠.

생각 없이 들이마시고 뱉었던 들숨날숨,

그 가녀린 호흡이 나를 지탱한 지주였음을 더욱 명료히 깨닫는 아침입니다.

꿈도 희망도 실낱같은 호흡이 있어야 가능하다는 깨달음이

새로이 주어진 한 달 앞에서 나를 더욱 겸허하게 합니다.

내게 있는 모든 것에 늘 감사하고 있어요.

내게 없는 것이 많은 것도 감사할 일이지요.

대신 그것들을 구하기 위해 노력하려는 의지를 갖게 되니까요.

그런 의지가 없다면 정말 슬픈 삶일 테지만,

의지가 없는 사람이 어찌 사람인가요?

살펴보면 감사할 일투성이,

살 만한 세상은 감사의 마음이 만든다는 걸 전하는 2월 첫날입니다.

3월

너로 인해
모든 것이
이뤄질 것 같더니

활활 타던
장작불이
한순간 꺼지던 날

천지는
눈을 감고서
할 말 잃고 말았다

—박미자, 「소실점」

올해는 기미년 만세운동 100주년 되는 해라네요.

딱 아귀가 맞는 100이란 숫자에 특별한 의미를 부여한 행사들로 언론이 분주한 아침이에요.

분명 외신임에도 우리의 감성과 닿아 있는 북미회담 결렬소식,

3.1만세 운동 기념식 등 굵직굵직한 소식으로.

게다가 미세먼지 나쁨이란 일기예보까지.

무심코 내다 본 창밖은 과연 온통 잿빛이네요.

물론 저게 모두 미세먼지 때문만은 아닐 테죠.

흐림을 등에 업은 미세먼지의 기세 등등이 보태진 하늘을 보자니 어깨가 무겁네요.

하지만 이런 날씨에까지 어떤 의미를 부여할 필요는 없겠죠?

마음에 떠운 해를 지키는 게 중요하니까요.

오직 또 하루를 선물로 받았구나,

새로이 받은 한 달은 어떻게 쓸까만 생각하자는 3월 첫날의 편지입니다.

4월

밝은 햇살, 꽤 오랜만이네요.

쌀쌀한 공기, 새삼스럽네요.

깨끗한 하늘, 참 반갑네요.

덕분에 먼 산은 진정 푸르름으로 읽힙니다.

거기 솟은 풍력기가 오늘따라 활기차게 돌고 있네요.

흐린 날엔 보이지 않아 종종 잊었던 것이었지요.

늘 있었던 모습이 유난히 선명한 오늘.

그 당연함이 특별하게 느껴지고, 그 특별함은 더 감사하네요.

늘 자칫 심심하고 지루하게 보일 수도 있는

능선의 풍경이 색다르게 느껴지거든요.

사는 날도 그렇지 않은가요?

당연한 것을 잊고 살기에 감사함도 모르고 사는 건 아닌지요.

흙, 물, 공기…. 늘 있어서 그저 흔하게만 여겼을 뿐인 것들이, 가장 보편적이어서 보편적인 곳곳에 꼭 필요한 것을 잊고 사는 것처럼.

4월은 가장 보편적인 것들이 가장 필요한 것임을 헤아려보고,

내게 그런 사람은 누구인가를 챙겨보는 건 어떨까요?

그런 다음 마음 담긴 안부라도 띄워보자고 보내는 4월 첫 날의 편지를,

머잖아 조롱조롱 꽃주머니를 매달 우리 마당의 금낭화봉오리에 얹어 보냅니다.

5월

지독한 안개입니다.

돈대처럼 높이 앉은 우리 집 울 밖은 온통 희뿌옇습니다. 그야말로 한 치 앞이 안 보이는 상태입니다.

주변의 자연경관과 잘 어우러지던 우리 집이 마치 섬처럼 고립된 느낌입니다.

하지만 느낌일 뿐. 나는 여기서 또 희망을 봅니다.

안개가 숨긴 것이 결코 암담하고 먼 길만은 아닐 테니까요.

해서 나는 찬란하게 빛나는 햇살을 기대하고 믿거든요.

물론 내가 기대하고 보려는 건 창공을 밝히는 햇살이지요.

모든 것은 마음에 달린 거니까요.

지금 당장은 앞이 보이지 않는 암담한 안개 숲이

오히려 화창한 날을 만들 태양을 숨겼다는 걸 잘 알고 있으니까요.

터널이 아무리 길어도 넓은 길보다 길 리는 없겠지요.

비록 암울한 기분이지만 안개 숲은 걷다보면 사라지지요.

5월은 기념일이 많은 달입니다.

그만큼 부담스럽기도 하지만, 아름다운 인연을 더욱 돈독하게 만들 수 있는 달이기도 하지요.

안개에 끌려가기보다는 안개를 헤치고 끌고 가는 달로 살아보자는 다짐으로 띄우는 5월 첫 날의 편지입니다.

6월

뻐꾸기 동요 기억나시죠?

그 노랫말이 지금껏 또렷한 기억으로 남았다니 신기합니다.

그 시절 이 즈음의 내 정서를 채운 상당부분은 뻐꾸기 소리였던 덕분일 거예요.

오늘은 그만큼 평화롭고 낭만적인 노래였던 뻐꾸기가

새벽을 깨우는 소리에 눈을 떴습니다.

요즘은 뻐꾸기 소리가 뻐꾹 시계 알람 역할을 제대로 한다는 생각을 하면서요.

싱그러운 새벽을 깨우는 소리가 요즘은 더러 구슬프게 들릴 때가 있습니다.

노래로만 알았던 그 소리가

남의 둥지에 낳은 알이 불안해서 조바심 내는

슬픈 외침이란 사실을 알았기 때문입니다.

서정으로 들었던 많은 소리들을,

과학으로 밝혀낸 사실 앞에서 마냥 신기해 할 수만은 없네요.

2021. 6. 6
어딘가계곡속은신 6月어느날
'태화강국가정원'의 만해정 글·그림·글씨

몰라서 좋았던 사실들 덕분에 따듯하고 행복했던 추억이

더러는 훼손되는 느낌이거든요.

그렇더라도 오늘 뻐꾸기 소리는 노래로 들었습니다.

집 앞 논 주위로는 왜가리도 날고,

박새와 딱새가 어울려 재재거리는 풍경 덕분이었죠.

어딜 봐도 과학적인 분석이 필요한 풍경은 결코 아니니까요.

곧 무더위가 몰려올 테죠.

그 사이사이 초록이 보내는 짙푸른 마음들 느끼며 이겨 보시죠, 여름 더위쯤.

자! 푸른 마음 장착하고 나서보세요.

6월 첫날의 편지가 힘이 되었다면요.

비 온 뒤라 마당이 한결 푸르렀어요.

꽃들도 저마다 조용한 다툼으로 피어나고,

그 사이를 나는 벌 나비는 더없이 고운 어울림이었어요.

그 풍경에 끌려 마당으로 내려섰지요.

이슬에 젖은 잔디마당 촉감은 부드러웠어요.

한데 잔디마당에는 잔디만 잘 자란 게 아니었어요.

촘촘한 잔디 틈새로 심지도 않은 잡풀들이 곳곳에 돋아났더군요.

30여분에 걸쳐 풀을 뽑으면서 든 생각.

좋은 것을 보려고 뭔가를 아무리 공들여 가꿔도

반드시 함께 자라는 게 잡풀이라는 거였지요.

늘 좋은 생각만 하고 산다 싶지만,

긴장 늦춘 그 잠시 삿된 생각이 끼어드는 것처럼.

또 하나의 깨달음을 얻은 아침입니다.

삿된 생각 끼어들까 24시간을 긴장하며 살 수는 없는 일.

더러 헐렁해진 마음 밭에 더러 못된 생각들 뿌리 내릴지라도 너무 괘념치 말자는 거였지요.
어느 순간 생각나서 뽑아내는 잔디마당 잡풀처럼,
삿된 생각들도 한순간에 뽑아내면 그만이니까.
다만 7월 첫 날.
그런 것들이 자라기 전에 정리할 시간과 마음은
늘 갖도록 해야겠다는 생각을 전합니다.

2020. 7. 26
photo by 장세교   조혜경.

8월

이글이글~

아침부터 태양이 불타고 있어요.

그 불이라도 옮겨 붙은 듯

붉은꽃은 더욱 붉고, 노랗거나 흰꽃도 그 빛깔이 순도를 한층 높이고 있어요.

불타는 모든 걸 보고 있자니 절로 기운이 빠집니다.

마음이 몸보다 먼저 녹아 흐르는 느낌입니다.

그렇지만 창조주 하느님의 섭리는 어찌 이리도 묘할까요?

불타는 것들만 있는 줄 알았는데 여름 세상에는 초록이 더 많다는 사실이 여간한 위안이 아닙니다.

푸식, 소리라도 내면서 불타던 모든 것들이 열기를 식히는 느낌이거든요.

사람이 손대지 않은 자연에서

다는 것과 식는 것,

불 붙고 꺼지는 것을 느끼는 건 어차피 마음이지요.

원치 않는 열기로 늘어지려는 마음을 초록으로 물들이기~

뜨거운 여름날의 숙제로 여겨야겠어요.

길어야 한 달입니다.

더위를 이기려는 마음가짐으로 무장해보세요.

더위에 처지려는 일상을 스스로 추스르다보면 이깟 더위, 별 거 아니겠죠?

그러는 사이 멀지 않은 곳에서 성큼 다가서는 가을도 만날 거고요.ㅎㅎ

아침부터 매미와 까치소리가 시끄러운 8월, 그대의 첫날은 안녕한가요?

9월

가을장마로 시작하는 9월.

첫날이 휴일이다 보니 편지가 하루 밀렸어요.

마당에 흐드러진 백일홍은 흐린 하늘 아래서도 붉습니다.

터질 듯 부푼 열매마다 낱낱이 사랑의 씨앗을 품었을 풍선초는 순하
디순한 초록이지요.

마치 첫사랑의 설렘과 머뭇거림을 색으로 대변하는 듯해요.

아, 그 조심스런 속내를 읽자니 나도 모처럼 설렙니다.

는개처럼 흩날리는 빗기운에 씻긴 풋대추도

반짝반짝 윤이 나고, 집 앞으로 펼쳐진 벼논들은 어떤 평야보다 너
른 느낌입니다.

내 것은 한 뙈기의 땅도 없음에도 저 들판을 보노라면

풍년 맞은 농부처럼 마음이 그득해지지요.

하늘은 머잖아 땅으로 내려앉을 듯 무거운 월요일입니다.

하지만 우리 어찌 그 무게에 짓눌려 있을 수만 있을까요?

부디 좋은 것들만 보면서,

정치적으로나 심리적으로나 한쪽으로만 기울어지려는 생각기둥 곧
추세우면서 살아야겠지요.

나만 바로 서면 세상도 바르게 서리란 믿음으로

9월, 그대의 둘째날 안부를 묻습니다.

2020. 5. 6
광망마을   제조이남 휴가중

10월

불과 열흘 전,

우리 집은 17호 태풍 타파TAPAH의 횡포에 창고가 부서지는 피해를 입었습니다.

아직 복구는커녕 이제 겨우 물건 꺼내서 버리고 말렸을 뿐입니다.

그런데 또 다시 태풍이 온다니 긴장되지 않을 수가 없네요.

18호 태풍, 미탁이라죠?

타파보다 더 힘센 분이라고 비도 바람도 훨씬 높은 숫자로 예고돼 있더군요.

길어야 하루면 상황이 종료될 테지만, 그 뒷설거지가 얼만지 겪어본 이들은 알지요.

덕분에 얼기설기, 또는 켜켜이 쌓아두었던 잡동사니들을

정리할 기회가 된 건 고마웠지요.

부서진 창고를 정리하면서 생각이 많았거든요.

저렇듯 망가지니 버리고 말 것들을 참 많이도 쌓아두고 살았구나, 싶었지요.

물론 다시 정비해서 쓰거나, 혹은 새로 구입해야 할 것들도 있었지요.

하지만 쓸모없는 것들도 그만큼 많았다는 걸 보면서 내 욕심의 크기, 넓이, 높이를 고루 반성하게 되더군요.

하물며 크기도 깊이도 알 수 없는 사람의 마음은 어떨까요?

깡그리 버려야 할 감정들이며, 말끔히 벗겨내야 할 더께들이 얼마나 많을까요?

문제는 그 맘을 정리할 만한 계기라는 거죠.

그건 부속 건물로 나앉은 창고와는 다르니까요.

마음창고는 오히려 사람을 좌지우지한다는 사실에 오싹 소름 돋는 아침입니다.

무심코, 또는 작은 두려움에 방치했다가

예보도 낌새도 없이 불어 닥쳐서

감당하기조차 힘든 관계의 태풍을 만날 수도 있으니까요.

그에 비하면 자연의 앙탈은 얼마나 고맙고 다행인가요?

오늘의 하늘처럼 먹구름이 끼고, 새와 잠자리가 낮게 날고,

풀벌레소리가 잦아드는 걸로 낌새를 챌 수 있으니까요.

그뿐인가요?

방송으로 예보까지 해주니 준비에 만전을 기할 수가 있잖아요.

그러고 보면 사람살이에서 정작 신경 써야 할 것은

관계의 태풍이란 생각이 드네요.

시작이나 원인의 95% 이상은 스스로가 책임져야 하는 것이기 때문이죠.

그러니 미리미리 거풍하고 틈틈이 씻어야겠어요.

큰 바람을 만나도 살짝만 흔들려서 새로운 자극만 되도록.

정말이지 관계도 종종 정리하면서 살아야겠어요.

이런 생각이 오히려 태풍 미탁을 위탁 받아 달랠 힘이 될지도 모르겠네요.

오늘, 10월 첫 날은 다소 억지스럽지만 이런 믿음으로 좀 긴 편지를 씁니다.

11월

돌아가기엔 이미 너무 많이 와버렸고
버리기에는 차마 아까운 시간입니다

어디선가 서리 맞은 어린 장미 한 송이
피를 문 입술로 이쪽을 보고 있을 것만 같습니다

낮이 조금 더 짧아졌습니다
더욱 그대를 사랑해야 하겠습니다

─ 나태주, 「11월」

가을은 풍요의 계절인 줄 알았어요.
풍성하게 잘 영근 열매들과 속속들이 잘 여문 알곡들로 가득한 들판,
핏빛조차 고운 단풍들이 감성을 채워주었거든요.

그런데 오늘 문득,

이런 그득한 느낌은 모두 지극히 사람의 입장이었음을 깨달았어요.

아직은 더러 고운 이파리를 매단 나무를 보면서.

가을은 참으로 겸손의 계절이란 생각이 들었어요.

더러는 한 잎 두 잎

더러는 훌훌 가벼운 이파리들마저 털어내고도 의연한 나무들.

묵은 감정들 털어내고 빈 마음으로 세상을 보라며 말없이 전하는 메시지겠지요.

'더욱 그대를 사랑해야 하겠습니다'

어영부영하다가 자칫 남루해지기 쉬운 11월,

잠언 같은 구절로 마음이 따뜻해지는 11월 첫날, 그대는 어떠한지요?

12월

12월은 첫날부터 무겁게 보냈어요.

치매진단을 받은, 아흔두 살 시모 소식에 다소 울적했거든요.

우리도 가야 하는 길이라 외면할 수도 무심할 수도 없는 일.

그렇다고 안고 가기에는 엄청난 부담이기도 해서요.

결론을 낼 수 없어 지금도 마음만 무겁습니다.

이런저런 이유로 이틀을 시댁 일로 보내느라 짤막한 소식 한 줄 전할 여유도 없었어요.

무슨 일이 있느냐,

어디 아픈 건 아니냐,

먼저 안부를 전하는 이들.

기다리는 첫날의 편지가 오지 않아서 12월이 된 것도 깨닫지 못 했노라며,

뒤늦은 자각의 메시지를 보내온 이들.

여간 고맙지 않았어요.

아무튼 시모의 노환을 보자니 생각이 많아지데요.

살면서 만나는 복병들이 반드시 나와 직결된 경우라야만 당황스러운 건 아니더군요.

얽히고설켜서 사는 만큼 누군가의 복병도 함께 물리쳐야 한다는 교훈도 얻었죠.

한 번도 만나지 않으면 좋겠지만 복병은 삶의 어느 귀퉁이에서 튀어나올지도 모르지요.

그것이 나만은 피해간다는 보장도 없다는 걸 깨달으니 이 또한 감사한 일이죠.

다만 복병의 정체알기로 당황스러움을 조금이라도 털어낼 수는 있을 테니까요.

남은 한 달.

올해의 아름다운 마무리를 훼방 놓을 복병은 무얼까,

점검하는 달이 되길 바라며 나흘날에 띄우는 12월의 편지입니다.

2020년

1월

경사스럽고
자랑스러운 일들
연(년)달아 일어나서

새 마음 딱히 먹지 않고
해맞이 굳이 하지 않아도
엔돌핀이 퐁퐁 솟아나기를

희망보다는 정체 모를 두려움으로 맞았던 새즈믄해.
피난가방들이 불티나게 팔렸다던 그 날에서
딱 스무 해가 지났습니다.
그 막연하고 막막했던 불안의 시간들,
지나고 보니 알겠습니다.
사람이 나쁜 맘먹고 저지르지 않는 한
어떤 재앙도, 어떤 문제도 일어나지 않는다는 걸.

166

n 21. 5. 2   어딘가에라는 듯한 등대자료 울산옥 가등대   조 혜 강

그러므로

경자년

새해엔

서로서로 기도하자 6행시로 다짐하는

2020년 새해 첫날의 편지입니다.

2월

암막을 드리우고 눈가리개 다시 하고

그마저 모자라서 귀마개를 틀어막아도

실 꿰듯 바늘구멍으로 한 땀 한 땀 오는 것

— 이서원, 「봄은」

입춘이 코앞이에요.

날씨야 올겨울 내내 따뜻했지만

요즘은 하늘도 많이 깨끗해졌어요.

춘절도 춘절이지만, 신종 코로나 바이러스의 창궐로 중국에서 공장

가동을 멈춘 곳이 많은 까닭이라죠?

신종코로나.

이만저만한 재앙이 아닌 듯하네요.

전 세계를 공포로 벌벌 떨게 만드는 병.

처음엔 발병 진원지로 알려진 '우한 폐렴'으로 불렸죠.

중국의 반발에 WHO가 정식명칭을 '신종 코로나'로 명명했다고 하네요.

그러거나 말거나 우한은 불명예스러운 도시로 세계인의 뇌리에 각인될 테죠.

재앙은 또 있어요.

일본이 후쿠시마 원전의 폐기물을 바다방출로 결정지었다네요.

일본, 중국 사이에서 막을 수 없는 재앙을 만나다니 참 슬프고 아픈 일이에요.

일본과 중국 때문에 하지 않아도 될 긴장을 해야 하니까요.

모든 일이 그렇죠.

특히 나쁜 결과로 나타나는 일에는 '○○ 때문이야'란 말을 무심중에 쓰곤 하죠.

그런 일일수록 책임을 따지는 게 사람들의 보편성이라, '덕분이야'보다는 '때문이야'를 많이 쓰는 듯해요.

우리는 부디 의도적으로라도 좋은 영향을 끼칠 일을 많이 하기로 해요.

그런 차원에서 말부터 '때문'보다는 '덕분'을 많이 찾는 습관부터 길러야겠어요.

그리하여 훗날,

우리의 위생관념이 한 단계 높아지고 안전불감증에 무뎌지지 않았음을 깨달았을 때,

그나마 한 때 긴장했던 '신종 코로나' 덕분이었고,

일본의 만행에 가까운 결정 덕분이었다는 걸

새겨볼 수 있기를 바라는 2월, 그대도 첫날부터 늘 안녕이기를.

3월

경칩 날 아침
늙은 탱자나무 울타리 아래
가슴이 붉은 딱새 한 마리
소천했다
가녀린 발목 웅크린 채
무거운 침묵 한 덩이
얼마나 힘겹게 살았을까

두 눈을 감고
어디로 갔을까
지구 한 모퉁이가 고요하다

손바닥에 가만히 올려다 본다
날갯죽지가 뻣뻣하다
죽음은 날개로도 막을 수 없나 보다

잘가라
무슨 슬픈 일

곧 닥칠 것만 같은
경칩 날 아침

─ 김성춘,「아침의 조문_{弔問}」

이렇게 오래 갈 줄은 몰랐어요.

우한폐렴에서 시작된 질병이 신종코로나로, 다시 코로나19로,

변종 바이러스답게 이름까지 총총 바꿔 달 줄도 몰랐죠.

하지만 사람이 어찌 모든 걸 알고 살까요?

모르고 사는 게 태반이죠.

몰라서 두렵고, 정체 모를 두려움에 휩싸이곤 하죠.

그러나 어떤 것에든 이면이 존재하지요.

모른다는 건 호기심을 유발하는 새로움이기도 하거든요.

모른다는 데 대해 두려움과 새로움 중

어느 쪽에 무게를 두느냐에 따라 삶도 달라진다고 생각해요.

오늘의 우울한 사태는 분명히 극복될 거예요.

아무리 긴 터널도 언젠가는 끝나고,

어둠속에서도 앞을 보는 혜안이 생기는 거니까요.

나도 지난주부터 모든 일정이 취소되어 강제 휴가 중입니다. 엎어진
김에 쉬어가려고 맘먹으니 이 또한 나쁘지만은 않습니다.

이런 와중에도 아름다운 소식들도 들려옵니다.

지금은 모두에게 환절기,

해이해진 우리 생활태도에도 개선이 필요한 시기려니 여기기로 해요.
언제일지 모르나 코로나19가 떠난 자리에
오늘의 아름다운 마음들이 코로나19의 창궐보다 더 퍼져
활짝 피어나기를 기대합니다.
부디 주변의 다양한 소리들에 부회뇌동하기보다
스스로의 위생에 충실하자고 3월의 다짐을 전하는 첫날입니다.

4월

조팝나무가 새하얗게 변했어요.

새하얀 눈송이를 뒤집어 쓴 듯 피워낸 꽃송이들.

겨우내 검고 가는 가지뿐이던 나무였지요.

그렇듯 검기만 하던 가지였지만.

내내 푸른 핏물이 흘렀다는 걸 새삼 깨달았어요.

이전까지는 그저 무심히 지나치던 잿빛 풍경들이었지요.

시나브로 물이 올랐을 나무들이 만든,

한층 고와진 풍경들이 위로가 되네요.

날짜도 요일도 감각 없이 맞고 보내는 날들의 연속이다 보니…….

많은 것에 무뎌지고 있는 요즘이에요.

다만 코로나19에 대한 경계심엔 결코 무뎌져서는 안 되겠지요.

우리는 어쩌면 은연중에

사람이 제일이란 오만한 생각으로 살았던지도 모르겠어요.

형체도 보이지 않고, 숙주가 없이는 살아남을 수도 없는 바이러스가

전 세계를 뒤흔들 복병이 될 수도 있다는 걸 모른 채 말이죠.

2021. 4. 16
나의 너무 싸움
가장 완벽한 날

조 혜정

그러나 이 암울함 속에도 가르침이 있을 듯.

자연도 사람도, 무생물인 물건 하나까지도

좀 더 겸허한 자세로 대하라는 무언의 메시지 같거든요.

해서 서로를 배려하는 마음이 어느 때보다 절실하다는 생각으로 띄우는 4월 첫 날의 편지입니다.

5월

봄엔 세상이
크고 작은 알전등이 되는 거라
누군가 지구 밖에서
플러그 꽂고
발열 스위치 올리면
필라멘트 같은 봉오리마다 차르르 도는 전류,
드디어 오색꽃등 켜지는 거라

그래서 봄엔 너나없이
발광發光하는 거라, 미치는 거라

— 신혜경, 「축제」

온 산이 커다란 브로콜리 밭이에요.

인공조미료가 조금도 섞이지 않은
건강한 신의 식탁이 유난히 푸르르네요.
오늘의 신록이 유난히 건강하게 느껴지는 건
그동안 전 세계가 코로나 바이러스에 너무 오래 노출되었기 때문일
테죠.
그 시들고 암울한 터널에서 모두가 한마음으로
간절히 기다렸던 푸른빛이 이제 막 비쳐든 덕분이겠죠.
아직은 더 조심해야 할 시기입니다.
그래도 눈으로 누리는 푸르른 호사만은 즐겨보기로 해요.
심호흡으로, 잔바람의 손길과 해님의 입김에 겨운
신록의 향도 느껴봅니다.
함께, 맘껏 신록을 예찬하자니 참 좋은 계절,
5월, 그대의 첫날에도 곱고 푸른 물이 뚝뚝 들기를.

6월

코로나를 핑계로 오래 반거충이처럼 살았어요.

처음엔 좋았어요.

뒤집어놓으면 팽그르르 정신없이 돌아가는 풍뎅이처럼 바쁘던 나날들, 그 끝의 휴식이었거든요.

그러다 얼마간은 무뎌지려는 많은 감각들을 한껏 부여잡고 살았죠.

그런 세월의 연속이 시나브로 사람을 길들였나 봐요.

무위도식에 가까운 날들에 익숙해진 걸 보면.

그 사이 몸은 한껏 충전됐는데 영혼은 방전됐어요.

하도 오래 쉬다 보니 이제는 요일도, 달도 모른 채 살고 있으니까요.

집 앞의 논에서 들리는 개구리 합창에 모내기가 끝나가는 시기란 걸 알았을 뿐입니다.

해서 6월이 된 것도 미처 깨닫지 못했어요.

첫날의 편지를 거르고 만 변명이에요.

무슨 일 있냐며 지인들이 먼저 안부를 물어오네요.

그 덕분에 6월이 시작됐음을 깨달았어요.

아무려나 첫날의 편지를 기다린 이들이 있었다는 사실만은 새삼 감사하네요.

이 감사가 부디

코로나 종식으로 전 세계가 고백할 감사로 확산되길 바라는 마음입니다.

6월 둘째날의 편지는 이런 간절함으로 띄웁니다.

7월

장마보다 더 지리한 코로나 바이러스의 터널 속.
보송보송하게 다스리긴 힘들겠으나,
그 어려운 일 우리가 한 번 해보자고요.
오락가락하는 빗줄기에 대응하듯,
흔들리는 마음 다잡는 슬기로 시작하는 7월.
그대 첫날의 안부가 궁금합니다.

8월

한쪽 시력을 잃은 아버지
내가 무심코 식탁위에 놓아둔
까만 나팔꽃 씨를
환약인 줄 알고 드셨다
아침마다 창가에
나팔꽃으로 피어나
자꾸 웃으시는 아버지

— 정호승, 「나팔꽃」

비가 부슬거리는 아침.
나팔꽃이 무척 곱네요.
진보라 꽃잎을 둥글게 펼친 채 눈물 같은 빗방울을 말없이 받고 있
데요.

세상 모든 눈물을 받아 깔때기 같은 제 꽃봉오리로 다 흘려보내겠다는 듯.

그 고운 비장함이 힘이 되는 8월 첫 날.

우리도 그래야죠.

서로의 아픔을 보듬어 주고, 눈물은 닦아주어야겠죠.

그리하여 무더위 속에서도 가을을 기다리는 희망의 향기를 전하자는 8월 첫 날의 편지입니다.

9월

사랑하면 보인다, 다 보인다

가을 들어 쑥부쟁이꽃과 처음 인사했을 때

드문드문 보이던 보랏빛 꽃들이

가을 내내 반가운 눈길 맞추다 보니

은현리 들길 산길에도 쑥부쟁이가 지천이다

이름 몰랐을 때 보이지도 않던 쑥부쟁이꽃이

발길 옮길 때마다 눈 속으로 찾아와 인사를 한다

이름 알면 보이고 이름 부르다 보면 사랑하느니

사랑하는 눈길 감추지 않고 바라보면

꽃잎 낱낱이 셀 수 있을 것처럼 뜨겁게 선명해진다

어디에 꼭꼭 숨어 피어 있어도 너를 찾아가지 못하랴

사랑하면 보인다, 숨어 있어도 보인다

—정일근, 「쑥부쟁이 사랑」

흐림으로 시작하는 9월.

마음은 신산하나 바람은 신선합니다.

짧고 강렬했던 무더위는 어디 갔을까?

9월 앞에 식은 햇발이 신기할 정도입니다.

가을이 오지만 정말이지 올해는 누군가가 오기를 기다리는 맘은 접고 살아야겠죠?

보이지도 잡히지도 않는 바이러스로 전세계가 어수선하니 말이죠.

그럼에도 정직한 건 계절이라, 풀벌레소리 여전하고,

고추잠자리도 종종 눈에 띕니다.

열흘쯤 전부터 피기 시작하던 옥잠화도 조금씩 시들고 있고요.

어쩌면 그동안 하도 바삐 살면서 들어야 할 소리에 귀 막고,

보아야 할 풍경에 눈 감은 걸 깨우치는 것이려니 여기니

이 또한 나쁘지만은 않습니다.

다만 침 튀기면서 수다를 떨어도 아무런 걱정 없던 시절이

영원한 그리움이 되지는 않기를 간절하게 바라고 있어요.

풀벌레소리에 조용히 귀 기울일 수 있음에 감사하는 9월,

그대의 첫날을 불러봅니다.

10월

이불을 편다 하루 종일 접힌 굴곡을 편다 두 발 뻗듯 반듯하게 편다
수평선이 조금 출렁인다 파도가 일어서는 가슴언저리 삐뚤삐뚤한 기
억도 허리를 편다

어머니가 손을 펴면 내 몸에 만월이 뜬다 내가 덥고 잔 제일 포근한
이불 아직 다 펴주지 못한 것이 있다는 것인지 손금 속 밑줄로 몸 낮추
고 가만히 이마를 짚어오는 어머니

언제부터 날고 있었던가요

— 권기만, 「어머니의 양탄자」

흐리던 하늘이 맑아졌네요.
흰구름이 그려 놓은 그림들도 정다워졌어요.

어쩌면 이리도 절묘한 詩가 있을까요?

전쟁이 아님에도 만나지 못 하는 사람들이 많은 올 추석.

평화로운 하늘 그림을 마냥 호젓한 느낌으로만 볼 수가 없어 씁쓸하네요.

하지만 서로의 안부를 묻는 것만으로도 씁쓸함이 조금은 희석될 것 같습니다.

이런 마음으로 추석날과 겹친 10월 첫날에

마음만이라도 따뜻해지려고 편지를 씁니다.

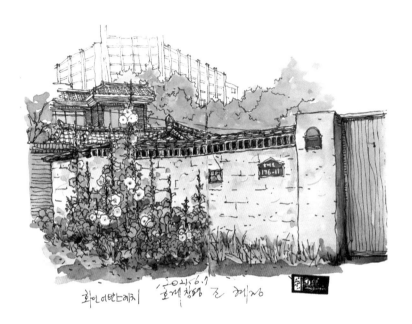

화인 어반스케치   ᄋ이ᄃᆞᆯ 호계 창덕 로 혜광

11월

그 많던 꽃들 다 지고
돌아올 봄도 아득히 멀어
산중은 꽃 하나 없는 어둠이다
겨울 나목 빈 가지에
마른 바람만 걸려 있는
지금 이 순간을
진정, 적요라 불러야 하리

— 이자영, 「색色-적요寂寥」

집 앞 들판은 아직 누렇습니다.
미처 추수를 끝내지 못한 걸 테죠.
아니면 남은 햇발에 씨앗이 더 영글기를 바라는 마음이거나.
어찌됐든 저 들판이 허전해지려는 마음을 넉넉하게 하네요.
내 것이 아님에도 보고 있으면 배가 부르거든요.
고마운 풍경이지요.
덕분에

잦은 태풍으로 일찍 잎이 떨어진 빈 나뭇가지들이 주는 쓸쓸함도 덜 하거든요.

하긴 나를 돌아볼 겨를도 없이 살았던 한 해 중,

11월 한 달은 좀 쓸쓸해져도 나쁘지만은 않을 것 같긴 합니다만.

다만 올해는 그리운 이들조차 만나지 못 한 날이 대부분이었죠.

신종감염병으로 강제적 쓸쓸함에 빠져야 했던 대부분의 날들.

그런 날들이 부디 스스로를 점검하는 날이었기를.

다 내어준 청빈한 나무들처럼 번민에서도 가벼워지기를 바라는 맘으로

11월 첫날의 편지를 띄웁니다.

12월

나무는 압니다.

상처의 깊이를, 그 아픔을.

고통의 순간도 견디면 아름다운 풍경이 되고 교훈이 된다는 걸.

나무는 말합니다.

가시는 남을 찌르기 위한 게 아니라 나를 지키려는 단 하나의 수단이라고.

거친 수피로 무장을 해도

작은 벌레조차 어쩌지 못 하는 나약한 면도 있습니다.

아무나 소나무에게 등 부딪치지 말아요.

나무도 맞으면 아픕니다.

깨우치고 변명하고 아픈 사이 이러구러 한 해가 꼴딱 기울었어요.

새해에는 다른 다짐은 말아야겠어요.

부디 상대를 배려하는 차원에서

조금만 참고, 조금만 견디고, 조금만 베풀기만 바랄 뿐.

코로나로 생긴 상처와 실망과 오해를 날려버리고

모두가 웃을 수 있기만을 바라는 마음을 한 해가 저무는 달.

그 첫날에 전합니다.